Jun 21

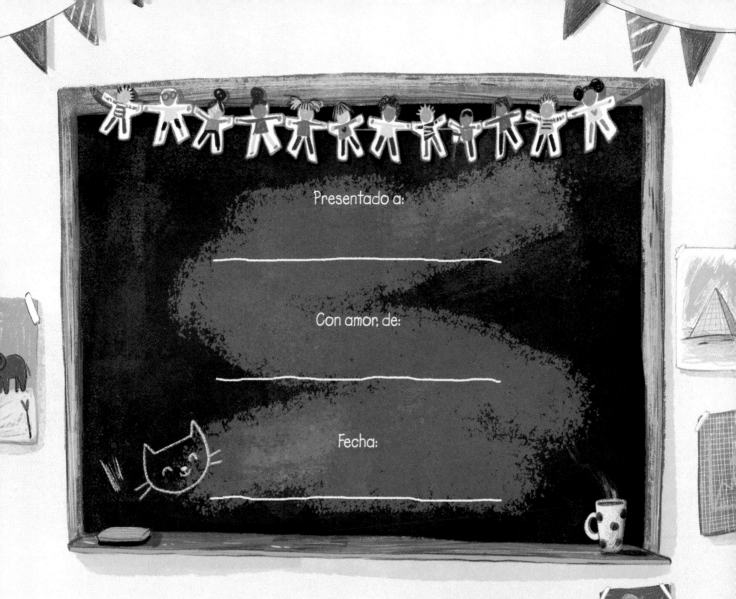

Presentado a:

_____

Con amor, de:

_____

Fecha:

_____

UN GRAN CORAZÓN lleno de gratitud para mi mamá… ¡por todo!
–LD

Para mi familia cerca y lejos,
que se aman unos a otros tal como son.
–LF

UN GRAN CORAZÓN

© 2020 por Grupo Nelson
Publicado en Nashville, Tennessee, Estados Unidos de América.
Grupo Nelson es una marca registrada de Thomas Nelson.
www.gruponelson.com
Este título también está disponible en formato electrónico.

Originalmente publicado en EUA bajo el título
One Big Heart
Copyright © Linsey Davis con Beverly Davis
Ilustraciones © 2019 por Lucy Fleming
Publicado por Zonderkidz, una marca registrada de Zondervan, Grand Rapids, Michigan 49546.
Todos los derechos reservados

Editora en Jefe: *Graciela Lelli*
Traducción: *Gabriela De Francesco*
Adaptación del diseño al español: *Mauricio Diaz*
Diseño: *Kris Nelson/StoryLook Design*

ISBN: 978-0-82977-062-9
ebook: 978-0-82977-065-0

Impreso en Malasia
20 21 22 23 LSC 9 8 7 6 5 4 3 2 1

Un gran corazón

CELEBREMOS LA IGUALDAD AUN SIENDO DIFERENTES

Escrito por Linsey Davis con Beverly Davis · Ilustrado por Lucy Fleming

GRUPO NELSON
Desde 1798

NASHVILLE   MÉXICO D F.   RÍO DE JANEIRO

En nuestro **mundo grande** y

donde jugamos niños y niñas

maravilloso, hay un rinconcito, en nuestro salón de clases favorito.

Estrellitas
Amanda
Ayden
Sam
Gracyn
Lauryn
Jaun
Reed
Elle
¡Muy bien!

AMOR
se escribe con
Aa

Todos somos diferentes y originales.
¿No sería aburrido si todos fuéramos iguales?

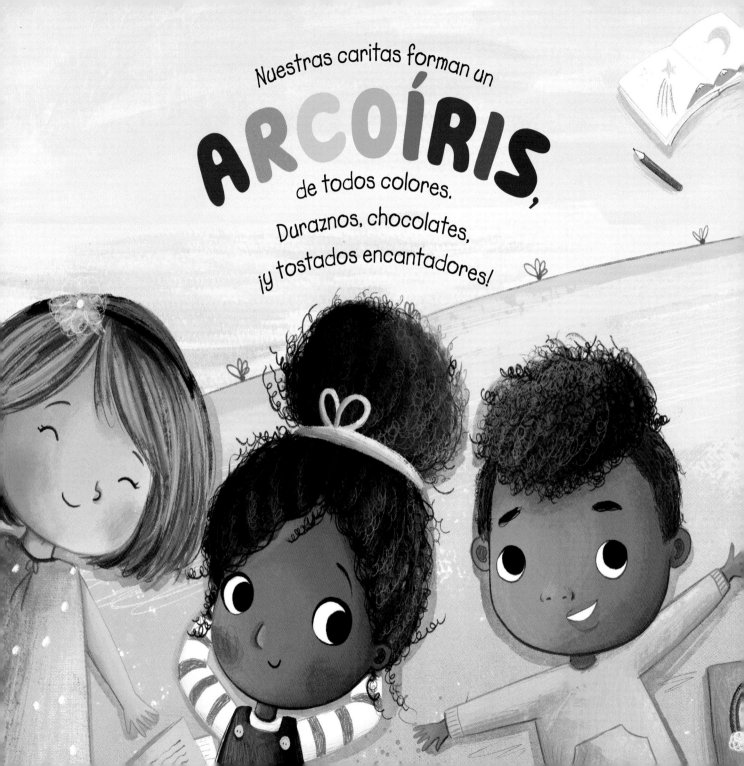

Nuestras caritas forman un
ARCOÍRIS,
de todos colores.

Duraznos, chocolates,
¡y tostados encantadores!

Algunos sonríen con hoyuelos y a otros
les faltan los dientes delanteros.

Porque Dios hizo único y diferente a
cada uno de mis compañeros.

Algunos usan el cabello ondulado,

y otros lo tienen muy lacio.

Hay quienes tienen afros y trenzados.

Juan es **BAJITO** y Reed es ALTO. Todos los tamaños son hermosos. Algunos tienen grandes ojos azules y otros son muy pecosos.

Con los cuerpos distintos que Dios nos dio, grandes cosas podemos intentar.

Elle hace PIRUETAS con un brazo.

y a mi amiga Amanda le gusta cantar.

A Sam le gustan los cuentos y quiere aprender a leer.
Noah tiene una capa roja y **SÚPER RÁPIDO** puede correr.

Disfraces ↓

Mila juega a la princesa con un vestido rosado que
tiene un bello volado.

A Asher le gusta saltar y **SALPICAR**

y deja todo **DESPARRAMADO.**

Suena el timbre y vamos afuera para disfrutar del día soleado.
¡Nuestras risas muestran **lo bien que lo hemos pasado!**

Hoy veo esas caritas sonrientes y puedo entender
que somos más iguales que distintos
y esto lo tenemos que saber.

Todos tenemos un ritmo adentro que nos hace querer **mover.**

En el patio de juegos, nos encanta *correr* y **saltar.**

De vuelta adentro para música, **bailamos** y giramos. Cuand

Después llega nuestro momento preferido del día: la hora de almorzar.

Podemos probar muchas cosas ricas,

¡TODO NOS PUEDE GUSTAR!

Todos somos muy **CURIOSOS.**

No vemos la hora de explorar.

Cuando empezamos a aprender algo nuevo...

¡NO DEJAMOS DE PREGUNTAR
Y PREGUNTAR!

Viajar a Egipto

Veterinario

A todos nos gusta soñar y dejar volar la imaginación,
y dibujar lo que nos gustaría que fuera nuestra futura profesión.

Todos tenemos sentimientos muy grandes que a veces nos cuesta disimular.

Hay momentos en que nos enojamos, y otros donde nos ponemos a llorar.

Entonces, un amigo nos alegra y nos hace sentir comprendidos.
¡Qué lindo es que nos abrace o nos comparta sus juguetes preferidos!

Pero, ¿en qué sentido ...

MÁS IMPORTANTE SOMOS iguales?

Esa es la cuestión... Dios nos dio un regalo especial,

y cada uno tiene...

Un Gran corazó

Tenemos nuestras manos para pintar,
y pies para caminar.
Tenemos ojos para ver y oídos para escuchar.

Pero lo más importante no podemos verlo, y tiene mucho valor.

Es el toque especial del Dios que vive en nuestro interior.

Ese es el lugar donde la bondad crece

y donde empieza el amor ...

En lo profundo de nuestro

GRAN CORAZÓN.

que late con fuerza
y bombea con vigor,